Marcel
y
André

Pratt, Pierre
    Marcel y André / texto e ilus. de Pierre Pratt ;
trad. Juana Inés Dehesa ; ilus. de Pierre Pratt. –
México : FCE, 2004
    40 pp. : ilus. ; 22 x 17 cm – (Colec. Los Primerísimos)
Título original: Marcel et André
    ISBN 968-16-7276-3

1. Literatura infantil I. Dehesa, Juana Inés, tr. II. Ser III. t

LC PZ7 Dewey 808.068 P665m

Primera edición en francés: 2003
Primera edición en español: 2004

Título original: *Marcel et André*
© 2003, Les éditions de la courte échelle inc., Montreal, Canada, HZT 1S4.

D.R. © 2004, Fondo de Cultura Económica
Av. Picacho Ajusco 227
14200, México, D.F

Coordinación de la colección: Andrea Fuentes
Dirección artística: Mauricio Gómez Morin
Diseño: J. Francisco IbarraMeza
Traducción: Juana Inés Dehesa

www.fondodeculturaeconomica.com

ISBN 968-16-7276-3

Impreso en México / *Printed in Mexico*

Marcel
y
André

Texto e ilustraciones de
Pierre Pratt

LOS PRIMERÍSIMOS

Un domingo,
Marcel y André...

Un pájaro y otro pájaro

Nicolás y Marta

La joven Margarita
y el pequeño Olivier

Ritón y Camilo

Madame Lucía
y sus invitados

Lucía y las brisas frías de la tarde

André y la hierba suave

El vino y el queso

La siesta

Marcel (sin André)

André (sin Marcel)

Céfiro y la velocidad

Marcel y la casita azul

Madeleine y Kiki

Madeleine y Marcel

Kiki y André

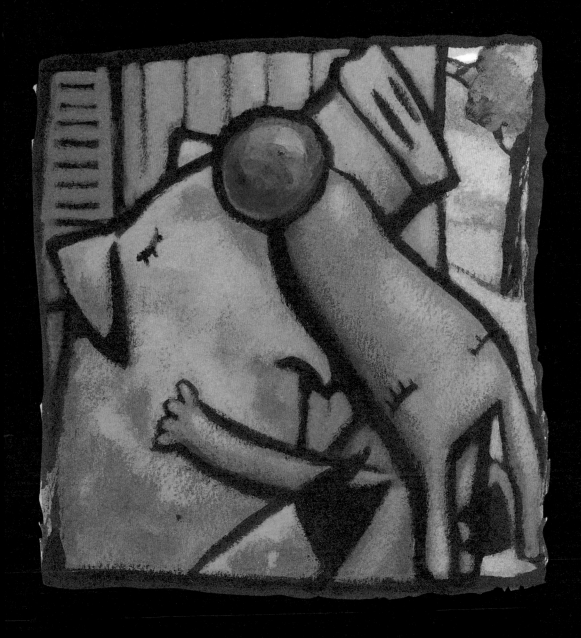

¿André y Marcel?

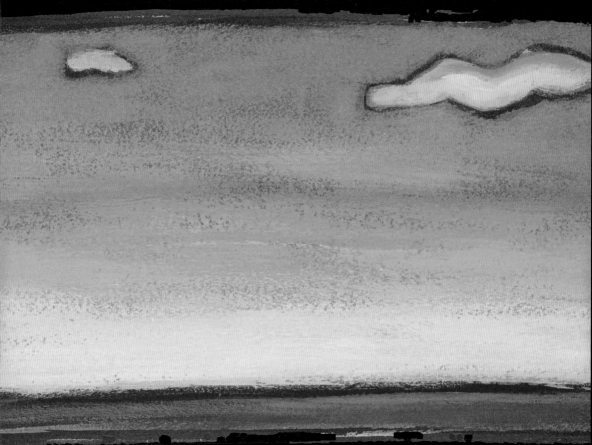

Marcel y André de Pierre Pratt
se terminó de imprimir
en julio de 2004
en los talleres de Impresora
y Encuadernadora Progreso,
S.A. de C.V. (IEPSA),
Calzada San Lorenzo 244,
09830 México, D.F.
El tiraje fue de 5 000 ejemplares.